TheDimplePuppet Publishing

First Edition Volume 1

Copyright © 2015 Andre L. Simmons

All rights reserved.

ISBN-13: 978-0692420515 (Custom Universal)
ISBN-10: 0692420517

Printed in the U.S.A.

WATERMELON

SEEDS

OF

DADDY

By: Andre L. Simmons

English Version:

"Jeremiah baby." Mrs. Seed calmly said.

"Wakey-wakey, rise and shine Jeremiah." Mr. Seed teased.

"Hmmm." Mumbled Jeremiah.

"It's time to wake up sweetie." Mrs. Seed replied.

"Not today. I don't want to." He paused and said. "My heart hurts." He then explained.

"Don't worry sweetheart, this day will be over soon." Mrs. Seed reasoned.

Jeremiah's blanket slid to the floor, as he forced himself to sit up on his twin size bed.

"There you go. You can do it." Mrs. Seed whispered and cheered.

Jeremiah's weaken body was bent over as he slowly opened his eyes. There it was... the little black box that was locked. The key to the lock he wore around his neck. He closed his eyes again, as he attempted to lie back down.

"Oh no you don't." Mr. Seed softly giggled and said.

"I can't do this!" Jeremiah cried out as his eyes filled with water.

"Yes, you can. We will be by your side every step of the way today." Mrs. Seed reassured him.

The door to Jeremiah's bathroom creaked open. Water running then could be heard from the bathtub.

"Bubbles or no bubbles?" Mr. Seed hollered out from the bathroom.

"My superman bubbles." Jeremiah replied.

Jeremiah started to weep as he placed his cold feet on the floor. The water from the faucet to the bathtub had stopped running. Jeremiah was picked up and carried inside the bathroom by Mrs. Seed, then he was gently lowered to the floor on his feet.

"Now dry your eyes champ, brush your teeth, wash your face, and hop into the tub." Mr. Seed demanded.

About 30 minutes later emerged Jeremiah from his bathroom. He gazed around his room and everything was cleaned and organized. On top of his bed laid a pair of black slacks, a white button up shirt, and a red and black bowtie. His black dress shoes were on the floor, with two black socks on top of them. Right beside his clothes was the little black box. Jeremiah started to get dressed and there was a knock at the door.

"Yes?" Jeremiah answered.

"Jeremiah baby, can grandma come in?" His grandmother pleaded.

"Yeah grandma, the door is unlocked." Jeremiah replied.

His grandmother opened the door as her eyes scanned his bedroom.

"I'm so proud of my strong baby." She confessed.

She walked towards him, with her two arms extended out. She hugged him tightly and gave him a kiss on the forehead.

"Baby I heard you talking to someone earlier, who was it baby?" His grandmother wondered.

"Nobody grandma." He answered.

"It's ok... I already know baby." His grandmother responded.

As the grandmother was leaving his room, she slowly closed his room door, and leaned her ear against the door to listen.

"Come over here boy and let me fix your bow tie." Mr. Seed teased.

Jeremiah walked over to Mr. Seed. As Mr. Seed was fixing his bow tie, Jeremiah said "Thank you."

Jeremiah's grandmother removed her ear from the door, smiled, and quietly walked away.

Jeremiah walked back over to the bed. He took the key from around his neck, looked at it, stuck the key inside the keyhole, and started to turn it...

Flashback: Jeremiah's mother died the same day she gave birth to him on March 31st, 2002. For the next 13 years it was Jeremiah and his father against the world. Unfortunately, Jeremiah's father died in a car accident on a rainy day 4 days ago, on March 31st, 2015. Stricken with grief Jeremiah attempted to take his own life on his 13th birthday, but two voices told him not to do it.

When Jeremiah looked inside the box there was two watermelon seeds at the very bottom. The two seeds belonged to his mother and father from their first ever date, which was a picnic, from many years ago. Jeremiah reached his hand inside the little black box and put the seeds inside of his pants pocket. As Jeremiah was making his way to the door, he turned back around. Jeremiah could see two bright light body figures with beautiful wings, which expanded almost across his entire bedroom.

"There hasn't been a day that has gone by where I wasn't by your side. Your father and I love you so very much Jeremiah. Every time you think you're alone rest assured, because inside of your heart we will always be. I love you my darling." Mrs. Seed confessed.

"Champ you've always been a trooper. If I had a chance to do it all again, I would not change a thing, because I was blessed to spend 13 years with the greatest kid on earth. I love you my son."

Mr. Seed praised and promised.

"I know mommy and daddy. I promise I will live, be strong, and take care of grandma too. I love you Mr. and Mrs. Seed, my guardian angels." Jeremiah vowed.

Mr. and Mrs. Seed started to flap their wings as their light slowly started to disappear. One last tear fell to Jeremiah's cheek that day, but it was not a sad tear it was a message from God letting him know that everything was going to be ok. Jeremiah attended his father's funeral service, he knew his mother and father was watching down on him from heaven, which made his heart smile.

The End

SANDIA

SEMILLAS

DE

PAPA

By: Andre L. Simmons

Versión Española:

"Jeremías bebé." Dijo con calma la señora de Semillas.

"Wakey-wakey, de pie y brillar Jeremías." Sr. Semilla bromeó.

"Hmmm." Murmuró Jeremías.

"Es hora de despertar cariño." Sra Semilla respondió.

"Hoy no. Yo no quiero." Hizo una pausa y dijo. "Me duele el corazón." A continuación, explicó.

"No te preocupes cariño, este día va a terminar pronto." Sra Semilla razonó.

Manta de Jeremías se deslizó al suelo, mientras se obligaba a sentarse, en su cama de tamaño doble.

"Hay que ir. Usted puede hacerlo." Sra Semilla susurró y aplaudió.

Debilitar el cuerpo de Jeremías se inclinó mientras lentamente abrió sus ojos. Allí estaba... el pequeño cuadro negro que estaba cerrada con llave. La llave a la cerradura que llevaba alrededor de su cuello. Cerró los ojos de nuevo, cuando intentaba descansar abajo.

"Ay no, no lo hagas." Sr. Semilla suavemente se rió y dijo.

"No puedo hacer esto!" Jeremías gritó mientras sus ojos se llenaron de agua.

"Sí se puede. Vamos a estar a tu lado en cada paso del camino hoy." Sra Semilla lo tranquilizó.

La puerta de baño de Jeremías se abrió. Agua corriente y se podía oír desde la bañera.

"Burbujas o sin burbujas?" Sr. Semilla gritó desde el cuarto de baño.

"Mi superhombre burbujas." Jeremías respondió de nuevo.

Jeremías comenzó a llorar mientras ponía sus pies fríos en el suelo. El agua del grifo de la bañera había dejado de funcionar. Jeremías fue recogido y llevado dentro del baño de la señora de Semillas, entonces él se bajó suavemente al suelo en sus pies.

"Ahora seca tus ojos campeón, cepillarse los dientes, lavarse la cara, y saltar en la bañera." Sr. Semilla exigió.

Unos 30 minutos más tarde surgieron Jeremías de su cuarto de baño. Miró alrededor de la habitación y todo fue limpiado y organizado. Encima de su cama habia un par de pantalones negros, una camisa blanca con botones y una pajarita roja y negra. Sus zapatos de vestir negros estaban en el suelo, condos calcetines negros encima. Justo al lado de su ropa era la pequeña caja de color negro. Jeremías comenzó a vestirse y alguien llamó a la puerta.

"¿Sí?" Jeremías respondió.

"Jeremías bebé, puede abuela entrar?" Su abuela se declaró.

"Sí abuela, la puerta se desbloqueará." Jeremías respondió.

Su abuela abrió la puerta mientras sus ojos recorrían su dormitorio.

"Estoy muy orgulloso de mi fuerte bebé." Ella confesó.

Caminó hacia él, con sus dos brazos extendidos hacia fuera. Ella lo abrazó con fuerza y le dio un beso en la frente.

"Bebé te oí hablar con alguien antes, ¿quién era el bebé?" Su abuela se preguntó.

"Nadie abuela." Él respondió.

"Está bien... Ya sé bebé." Su abuela respondió.

Como la abuela salía de su habitación, ella lentamente cerró la puerta de la habitación, y apoyó la oreja a la puerta para escuchar.

"Ven aquí chico y déjame arreglar su corbata de lazo." Sr. Semilla bromeó.

Jeremías se acercó al señor Semilla. Como el Sr. Semilla estaba arreglando su corbata de lazo, Jeremías dijo: "Gracias."

La abuela de Jeremías se quitó la oreja desde la puerta, sonrió y se alejó tranquilamente.

Jeremías caminaba apoyado a la cama. Él tomó la llave de su cuello, lo miró, pegada la llave dentro de la cerradura, y empezó a convertirlo...

Escena retrospectiva: La madre de Jeremías murió el mismo día que ella le dio a luz el 31 de marzo de 2002. Para los próximos 13 años fue Jeremías y su padre contra el mundo. Lamentablemente el padre de Jeremías murió en un accidente de coche en un día lluvioso hace 4 días, el 31 de marzo de 2015. Afectado por el dolor Jeremías trató de quitarse la vida en su cumpleaños número 13, pero dos voces le dijo que no lo hiciera.

Cuando Jeremías miró dentro de la caja había dos semillas de sandía en la parte inferior. Las dos semillas pertenecían a su madre y padre de su primera cita nunca, que era un día de campo, desde hace muchos años. Jeremías llegó a su mano dentro de la cajita negro y poner las semillas en el interior del bolsillo de su pantalón. Como Jeremías se dirigía a la puerta, se dio la vuelta. Jeremías pudo ver dos brillantes figuras del cuerpo de luz con hermosas alas, que se expandieron casi en toda su dormitorio.

"No ha habido un día que ha pasado por el lugar donde yo no estaba a su lado. Tu padre y yo te amo muchísimo Jeremías. Cada vez que creo que eres solo resto asegurado porque en el interior de su corazón siempre nos quedará sea. Te quiero mi amor." Sra Semilla confesó.

"Campeón siempre he sido un soldado. Si tuviera la oportunidad de hacerlo todo de nuevo, no cambiaría nada, porque tengo la suerte de pasar 13 años en el mayor niño en la tierra. Te quiero a mi hijo." Sr. Semilla elogió y le prometió.

"Sé que mamá y papá. Te prometo que viviré, ser fuerte, y cuidar de la abuela también. Te amo señor y la señora de Semillas, mis ángeles de la guarda." Jeremías prometió.

El Sr. y la Sra Semillas comenzaron a batir sus alas como su luz poco a poco empezó a desaparecer.

Una última lágrima cayó en la mejilla de Jeremías ese día, pero no fue una triste lágrima era un mensaje de Dios haciéndole saber que todo iba a estar bien. Jeremías asistió el funeral de su padre, que sabía que su madre y su padre estaban mirando hacia abajo en él desde el cielo que hizo, que su corazón sonrisa.

El Fin